고양이와 수다

어쩌면 우정은 다정한 농담

고양이와 수다

오영은
글·그림

위즈덤하우스

언젠가 누군가에게 털어놓고 싶은 이야기가 있었지만, 한밤중이라 선뜻 전화하기가 망설여졌다. 차 한잔하려고 자리에서 일어선 순간, 책상 아래 우리 집 야옹이와 눈이 마주쳤다.

속내를 이야기해도 판단하지 않고 귀를 씰룩거리며 가끔씩 대꾸해 주고, 눈물을 글썽일 때 내 등을 쓰다듬어 주는 친구. 때로는 자세히 설명하지 않아도 같은 공간에 있는 것만으로 마음 편한 친구. 어쩌다 허세를 부려도 그러려니 웃어 주는 친구. 사소한 이야기도 나누고 싶은 여자와 안 듣는 듯 잘 들어 주는 따뜻한 친구.

어쩌면 야옹이는 내 주변의 친구이거나 사랑하는 사람, 아니면 또 다른 나 자신일지도 모르겠다.

『고양이와 수다』를 연재하는 동안 보이지 않는 곳에서 늘 응원해 주시는 여러분들과 책 작업 내내 도움을 준 언니들에게 감사의 인사를 전하고 싶다.

2020년 12월의 어느 날
오영은

차례

프롤로그 · 9

chapter 1
봄 그리고,

호기심 · 76
사생활 · 80
찐 친구 1 · 82
찐 친구 2 · 88
말다툼 · 92
화해 · 94
아빠 · 100
기다림 · 102
편지 · 108

chapter 2
봄

젠가 · 132
어느 프리랜서의 마감 · 138
직업 · 146
돈이 얼마나 있으면 좋겠어? · 150
마감이 끝나면 할 일 · 158
봄 타는 고양이 · 160
옷장 정리 1 · 164
옷장 정리 2 · 168
다시 돌아갈 수 없는 것들 · 172
재채기 · 176
종이봉투 · 180
∞ · 184

chapter 3
여름

여행 1일 차 · 194
여행 2일 차 · 196
여행 3일 차 · 198
맵시 · 204
요가 · 208
선풍기 · 210
에어컨 · 212
미인 · 216
등 닦기 · 220
등 솔 · 222
오렌지맛 주스 · 226
여행의 맛 · 230

chapter 4

가을

후추와 야채 · 242
와인 고르기 · 246
마트 전단지 · 252
주말엔 · 256
지갑 찾기 · 258
로브 · 262
취향 저격 로브 찾기 · 268
느낌적인 느낌 · 272
패션 벤다이어그램 · 276
꿈 · 282
노란 신호등 · 284

chapter 5

겨울

보글보글 보리차 · 294
매일 하면 좋은 일 · 296
수면 바지 · 300
터틀넥 스웨터 · 304
뜨개질 · 308
미드 보는 여자 · 312
극장 · 316
영화 감상 · 318
창작의 어려움 · 320
어느 스토리텔러 · 324
연말 모임 · 330
근하신년 · 334

에필로그 · 351

Prologue

야옹이라는
어느 고양이가 있습니다.

야옹이의 하루는 남자의
휴대 전화 알람으로 시작됩니다.

남자가 씻으면
야옹이도 깨끗이 몸단장을 하고요.

남자가 옷방에 들어가면
어슬렁 따라 들어가

아양도 좀 떨고

허둥대는 모습을
구경하다 보면

밥 잘 먹고
물도 잘 마시고
낮잠도 잘 자고
잘 놀고 있어.

남자는 애정 어린 당부의 말을 하고는
비슷한 시간에 나가 버린다고 합니다.

야옹이는 늘 그렇듯이

와삭 와삭

와삭

밥도 먹고요.

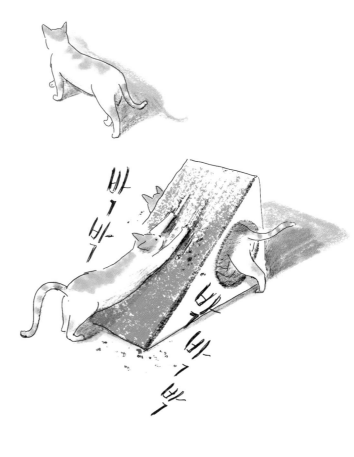

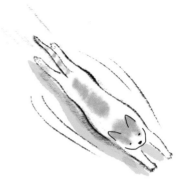

물도 잘 마시고요.

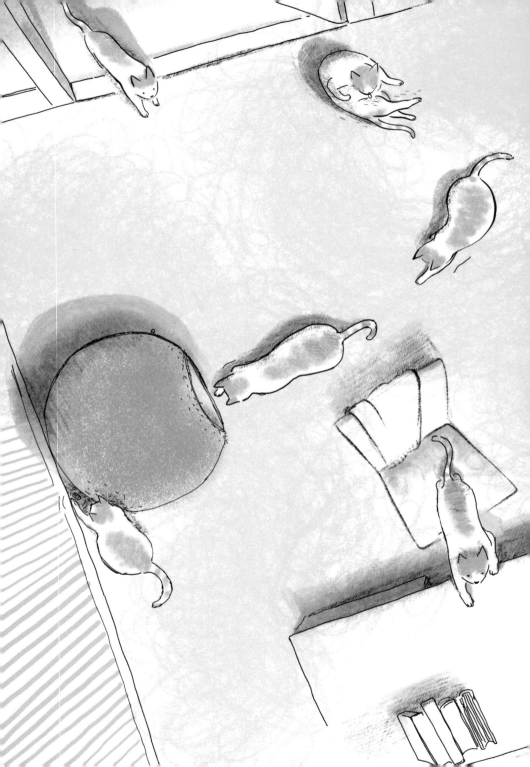

낮잠도 잘 잡니다.

야~아~암

아
뵤

좌·누

홍당무라는
어떤 여자가 있습니다.

그 여자는 일을 하고

잠을 자고

우루루룩

이것저것 좀 하다가

또 일하고,

산책 나가는 걸 좋아하는
평범한 여자입니다.

나무가 많은 숲속
길을 따라 걷습니다.

생각 없이 걷는 게
참 좋다고 합니다.

그러다가
우연히

나무 구멍에서 뭔가를 발견했습니다.

안녕하세요,
이 편지는 영국에서 최초로 시작해서 말더죠.
일년에 지구 한 바퀴를 돌면서
받는 이에게 행운을 주었고 지금은 당신한테
그 행운을 전해 주려고 하는데요.
당신 또한 이 편지를 포함한 일곱 통을
행운이 필요한 사람들에게 전해야

......어쩌구 저쩌구

<추신> 일곱 통 중 한 통은 나에게 써 줄 수 있나요?
나는 편지를 쓰는 것도 받는 것도 좋아한답니다.
그 나무 구멍에 넣어 주세요.

아니,
요즘 세상에도
행운의 편지를
쓰는 이가
있다니...

호기심이 생긴 당무는 그날 밤
답장을 썼고

이 나무가
맞겠지?

이튿날 같은 나무에 편지를 넣어 두었습니다.

나중에 보니 그들은
펜팔 비슷한 걸 했었던 거 같다네요.

그들은 몇 번의 서신 교환 끝에
직접 얼굴을 보고 이야기를
나누고 싶었습니다.

맘이 통하는 것 같은 느낌을
받았다나 뭐라나요.

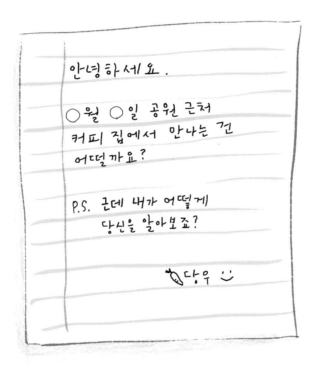

안녕하세요.

○월 ○일 공원 근처
커피 집에서 만나는 건
어떨까요?

P.S. 근데 내가 어떻게
당신을 알아보죠?

🥕당무 ☺

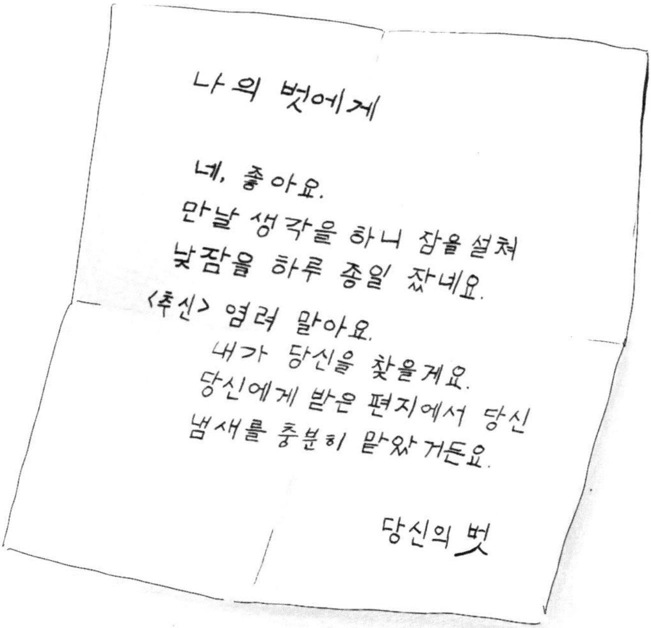

나의 벗에게

네, 좋아요.
만날 생각을 하니 잠을 설쳐
낮잠을 하루 종일 잤네요.
〈추신〉 염려 말아요.
  내가 당신을 찾을게요.
  당신에게 받은 편지에서 당신
  냄새를 충분히 맡았거든요.

                당신의 벗

풀쩍!

웃차

의자가
다소 높네요.

괜히 웃음이 났었대요.

그렇게 친구가 된 당무는
야옹이와 수다를
떨기 시작했다나요.

chapter 1

봄 그리고,

둘은 시간이 가는 줄 모르고
이야기꽃을 피웠답니다.

봄이

여름이 되고,

가을이

겨울이 되어서도

그들은 함께했습니다.

한 해 동안 야옹이랑
재미난 추억이 많았구나.

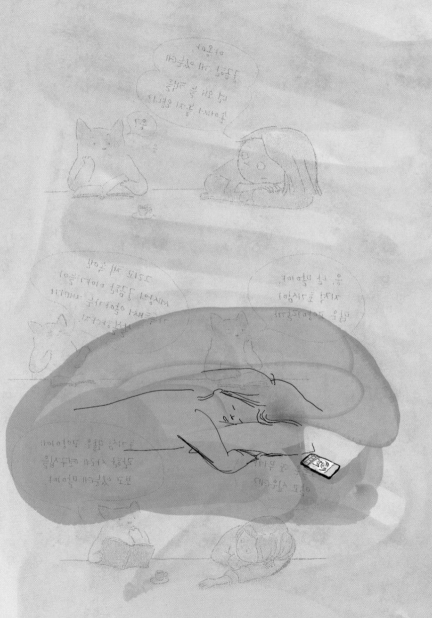

호기심

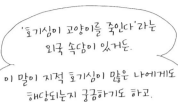

'호기심이 고양이를 죽인다'라는
외국 속담이 있거든.

이 말이 지적 호기심이 많은 나에게도
해당되는지 궁금하기도 하고.

어쩌면 고양이의 용맹함을
경계하는 설치류 무리가
지어낸 괴소문이 아닐까 하는
나의 합리적 의심을 확인해 보고
싶기도 하거든.

주문하신 까페 라떼와
딸기 생크림 케이크
나왔습니다

와아 ♡

건성

그렇구나.

건성

사생활

찐 친구 1

언제까지 탄다냐~

나도
그네 타고
싶은데.

찐 친구 2

내가 하고 싶은 말은
너도 고민거리가 있으면
언제든지 주저 말고
내게 이야기하라고!

으쓱

......

근데… 땅무야,
혹시 그런 경험 없니?

여행 중 게스트 하우스에서
만난 사람에게 자신의
속 깊은 이야기를 하는 게
더 편한 느낌 말이야.

진실은 때로는 잔인한 법이지...

말다툼

내 맘도 몰라주고
찐 친구라고 한 거
다시 생각해 봐야겠어!

화해

아까 네가
어쩌구저쩌구 말했을 때
내가 갑자기 화내듯 쏘아붙여서
너를 좀 언짢게 한 것 같아.
그건 내가 좀 그랬던 거 같지만
내 상황에선 어쩌구저쩌구…

네가 입장을 바꾸어 생각한다면
아마도 아주 조금은 나를
이해할 수 있을지도 몰라.
내 입장을 말이야.

펑

그래서 어쨌다는 거냐?
내게 사과를 하겠다는 거냐?
아니면, 그냥 독백인 거냐?

내 요지는
… 아!
미안해.

우리 싸우더라도 금방 화해하자.

아빠ㅡ

아내가
아프지 마세요

기다림

편지

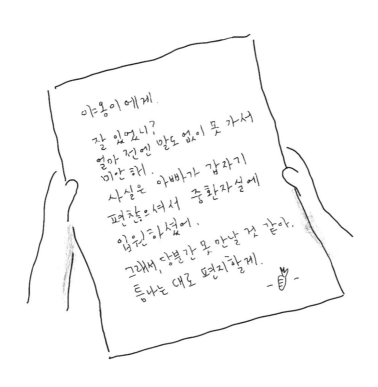

아롱이에게.

잘 있었니?
얼마 전엔 말도 없이 못 가서
미안해.
사실은 아빠가 갑자기
편찮으셔서 중환자실에
입원하셨어.

그래서, 당분간 못 만날 것 같아.
틈나는 대로 편지할게.

-🥕-

홍 당무에게

당무야.
무슨 말로도 너의 슬픔을 덜어 낼 수 없겠지.
그리고 난 위로도 잘 못하지만
혹시 내가 필요 할땐
언제라도 옆에 있어 줄게.
그리고 내가 요즘
아저씨를 위해 기도하면서 듣는 노래가 있어
엄마를 향한 애틋한 사랑의 세레나데인데,
사랑하는 아빠를 떠올리며 들어 봐 ♡

Maman la plus belle du monde' ~ Luis Mariano ~

힘써! 당무야.

너의 벗
아몽이로부터

그날 밤

chapter 2

봄

젠가

어느 날엔

영화를 보면서 스토리 구성에 대한 공부도 하고요.

또 다른 날엔

나도 귀여운
뽀시래기 시절이
있었지.

사진 폴더를 정리하다
추억에 빠져 보기도 하고요.

또 다른 날엔

건강한 삶을 꾸려 나가고요.

그러다가 어느 날엔

피할 수 없는 운명을 마주하게
될 때가 있습니다.

어느
프리랜서의
마감

마감이
목전에 다가오면

긴박한 일정은
생산성을 높여 줍니다

괜찮아
괜찮아
괜찮아
괜찮아
그럴 수도 있지.
괜찮아.
.....

내일이
마감인 거
아시져?

우두둑

흐읏!
그리가
보여

143

이렇게 쉼 없이
그림에 몸과 마음을
갈아 넣다 보면
끝이 보이지 않던 일들도

결국

끝이 납니다.

직업

오래 앉아서 일하다 보니 관절들이 삐걱대고

성인의 시력은 쉽사리 나빠지지 않는다는
안경점 아저씨의 말이 무색하게 눈은 매년 침침해지고

출근도 없으니 퇴근도 없지.
대략 이런 거?

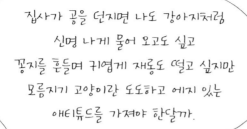

집사가 공을 던지면 나도 강아지처럼
신명 나게 물어 오고도 싶고
꽁지를 흔들며 귀엽게 재롱도 떨고 싶지만
모름지기 고양이란 도도하고 에지 있는
애티튜드를 가져야 한달까.

집사도 고양이라면 응당 갖춰야 할
덕목을 지닌 야무진 고양이를
사랑하는 건 아닐까 하는
생각도 들고 말이야.

뭐랄까, 팬들이 바라는 이미지를 연출해야 하는
연예인의 삶을 사는 것과 비슷하다지.

직업에 대한
소명 의식이라면
이해할라나, 훗.

돈이
얼마나 있으면
좋겠어?

야옹아!

으응?

내가 어디서 들었는데, 정말 좋아하는 일은 직업으로 삼으면 안 된다네.

그게 무슨 말이니?

좋아하던 일이 직업이 되면 지긋지긋 싫어진다나!

그래서 나도 돈이 많아지면 그림에 대한 순수한 나의 애정이 퇴색되지 않도록 이 일을 때려치우고 싶어.

넌 마감 때문에 일에 꾀가 난 것 같은데…

마감이
끝나면
할 일

봄 타는
고양이

오는 길에 보니 목련이 활짝 피었더라고.

이제 완전 봄인 거겠지?

절기상 봄이니까.

하늘하늘한 봄옷도 사고 싶고, 봄나들이도 가고 싶고 막 그러네...

근데 날씨가 참으로 변덕스러워.

어제는 갑자기 쌀쌀해져서 온수 매트를 켜고 잤지 뭐니.

참나

옷장 정리 1

옷장 정리 2

옷장 정리라는
게 말이야.

그 옷들이,
응?

으응?

넘어질지~
개어질지~
옷걸이에 걸릴지~
버려질지~
결국 그런 거잖니?

듣고 보니
그런 거 같아.

그러니까
네가 한 일은
옷들의 입장 정리를
해준 셈이 되지.

오...
정말 어려운 일
같은데.

다시
돌아갈 수 없는
것들

야옹아, 있잖아.
한 번이라도 그 맛을 알게 되면
그 이전으로 돌아갈 수 없는 것들이
있는데 말이야.

그게 뭔지
아니?

그건 말이지.

응?

어린 시절, 처음 초콜릿을
먹었을 때를 기억하니?

혀 위에서
사르르 녹아내리는
달콤쌉쌀한 맛을
경험하게 되면
'다른 단맛은 아무것도
아니었구나' 하는
생각이 들게 되지.

두 번째는 말이야,
가만히 칫솔을
붙잡고만 있어도
뽀득뽀득 잘 닦이는
상쾌함을 맛보고 나면
전동 칫솔을 사용하기 전으로
돌아가기란 쉽지 않지.

'위대한 개츠비'의
데이지를 바라보는
개츠비의 표정을
보았다면

사랑을 모르던
애송이 시절로 돌아가기 어렵지.

마지막으로, 봄에
사각사각 트렌치코트를
한 번이라도
맛보았다면

덜덜
덜덜덜

얼어죽어도
트렌치코트지.

아무리 갑작스런 추위와 강풍이
불어와도, 다시 겨울 패딩으로
돌아갈 수 없지.

추위로 인한 병마보다
패션의 후퇴가
두려운 게로구먼.

코흘쩍

흘쩍

쯧
쯧

재채기

잠깐만!

종이봉투

당무는 아무리 이유가 궁금해도
꼬치꼬치 묻지 않고
때론 그냥 옆에 있어 주는 게
찐 친구가 아닐까 생각했습니다.

chapter 3

여름

여행
1일 차

여행의 작은 기쁨은 일상에서 벗어나
시간에 쫓기지 않고 여유롭게 아침 식사를
하는 것부터 시작됩니다.

그리고 나서는

즐겁게 물놀이도 하고

먹고

마시고

또 먹으니
하루가 금방 가네요.

여행
2일 차

더 맛있게 먹고

더 신나게 놀고

여행
3일 차

식당 직원의 얼굴도 낯익게 되고

야옹아, 이거 봐! 내 얼굴로 라떼 아트를 해 주었어.

오아~ 너랑 닮았네.

수영장에 있는 직원과도
더 반갑게 인사를 나누고

명당 자리도 알게 되었어요.

맵시

홀쭉한 건
아무래도 귀티가
나 보이지 않아.

요가

아구구구
아구구구

이렇게 허리가
잘록했으면…

선풍기

바람이 솔솔 부니
잠이 몰려드……

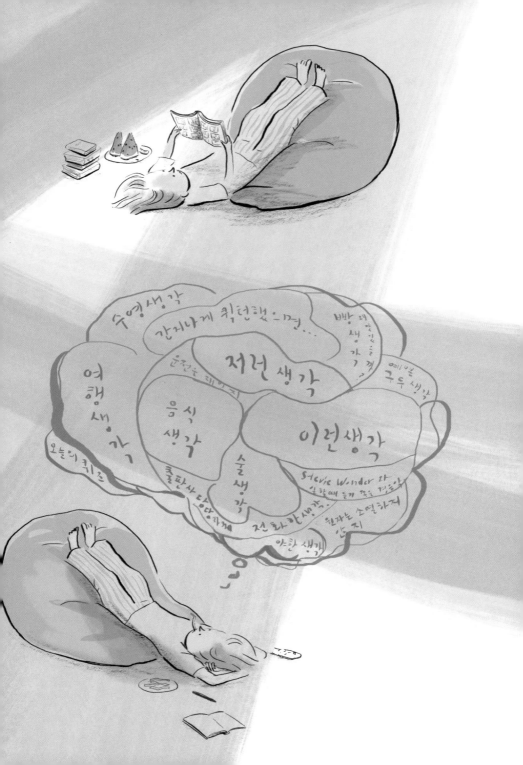

미인

세상에는 다양한
미인이 있지.

얼굴이 꽃처럼
예쁜
얼굴 미인.

엉덩이가 사과같이
예쁜
엉덩이 미인.

손이 보드랍고
고운
손 미인.

다리가
오이처럼 길쭉하니
예쁜
다리 미인.

머리카락이
삼단같이 윤기 나고
숱이 풍성한
머릿결 미인.

그중에서도
요즘 부쩍 끌리는
미인상이 있어!

뭔데?

그것은 바로

달걀 껍질처럼
반질반질 윤이 나는
등 미인!

뭐랄까!
보이지 않는 곳에
마음을 쓰는 것 같아서
더욱 매혹적이랄까.

등 닦기

등솔

'등 솔'이라는 건데
손이 닿지 않는 등 가운데 부분을
이걸로 밀어 주면 되는 거야.

당무야, 나는 말이야.
그렇게 생각해.

등 솔은 모름지기 동사무소에서
복지 차원으로 1인에 한 개씩
분기별로 지급해 줘야 한다고 생각해.

1인 가구가 늘어가는 추세이거니와
성인의 등을 누가 늘상 닦아 줄 수도
없으니 말이야.

너도 등 솔 받으러
왔나 보구나.

아니요.
저는 저의 등을
대신 받으러 왔어요.
아무래도 BEA입은
곰방 소진될 거
같다고요.

아....

225

오렌지맛
주스

여행의 맛

먼저 벨기에를
바구니에 담을 거야.

'초콜릿은 벨기에지'라는
자부심이 느껴지는
고함량 카카오의
콧대 높은, 그 맛이
조크든.

독일!
독일 과자는
묵직한 중량감에 놀라고,
진한 버터맛에
또 한 번 놀라곤 하지.
굉장히 진지한
맛이랄까.

역시
전동 드릴을
잘 만드는
나라답구먼.

야옹아!
너도 다 끌랐니?

얼른 가서 본격적으로
세계 여행을 해 보자.

응?

??

여러 나라의 과자를 먹으면서
'걸어서 세계 속으로'를
몰아 보기 하는 거지!

'세계 테마 기행'도
조오치!

이것이 바로 입으로
즐기는 여행인 거라.

수입 과자는 주전부리
그 이상을 의미해.

오… 과자는
비행기 티켓
같은 거로구나.

인천 공항을
출발해서
미국 애틀란타를
경유해 멕시코와 과테말라
사이 작은 나라
벨리즈에
도착했다.

chapter 4

가을

후추와 야채

와인 고르기

마트
전단지

냥무야, 내가
퀴즈를 내 볼까?

무슨 퀴즈?

몰라도 사는 데 지장
없지만 알면, 화개장터에서
야코죽지 않고 쇼핑할 수 있는
팁이랄까?

＊야코죽다 : 기가 죽다. 풀이 죽다.

오- 흥미진진하겠는걸.

자, 시작!

고등어 한 손은
몇 마리일까요?

음… 한 손 가득
담을 만큼이라면…
두 마리?!

오-

딩동!

주말엔

폭주하는
기관차를...

탑니다.

그리고…

월요일 아침에
내립니다.

지갑 찾기

신발에 맞춰서 이 외투, 저 외투 입어 보고,

가방에
넣어 두었나?

혹시나 해서 어제 들었던 가방을 살펴보다가

잃어버린 줄 알았던 립스틱을 찾아서
한번 발라 보고,

책상 위도 찾아보다가

정리도 좀 했어.

그러고는 다시
의자에 앉아서
곰곰이
생각 중이야.

로브

나뭇잎이 떨어지고
재채기가 나면 생각나는
반가운 것이 있습니다.

도톰하고 보드랍고 뽀송하게
내 몸을 감싸 주는 로브.
초가을부터 늦봄까지
나와 함께하는 목욕 가운이지요.

나에게는 두 가지 타입의 로브가 있어요.
하나는 순면으로 만들어진 로브입니다.

262

목욕 후, 물기도 닦아 주면서

체온을 따뜻하게 유지시켜 주니,
마치 손 안 대고 코 푸는 느낌이랄까요.

또 다른 하나는

실내복으로 입는 극세사 타입의 로브입니다.

몸에 두르면

따뜻하기가
이불을 두른 것 같고

가볍고 포근하기가
구름을 겨드랑이에
낀 것 같습니다.

밥이 없으면 다른 맛나는 것을 먹으면 되지만
로브가 없는 가을은 상상할 수가 없어요.

송털 구름이네

취향 저격
로브 찾기

나에게 맞는 로브를
찾는 일은 즐거워요.

로브를 고를 땐
나만의 몇 가지 기준이 있는데요.

도톰한 폴카라가 뒷목을
잘 감싸 주는지.

소맷자락에 무게감이
적당하게 있는지.

소매 끝이 너무 가벼우면
자꾸 말려 올라가서
팔이 추울 수도 있거든요.

그리고, 세 번째 **큰** **주머니가** 있는지

주머니가 있어야만 언제라도
코 푼 휴지, 머리 끈, 먹다 남긴 곰 젤리도
넣어 둘 수 있거든요.

네 번째,
벨트는 적당히
두께감이 있는지

허리끈이 얇으면
허리를 조이는 느낌도
편하지 않고,
전체적인 모양새도
그리 예쁘지 않거든요.

자, 이제 나에게
맞는 로브를
고르기만 하면 되겠죠?

느낌적인
느낌

어느 날...

오아!

느낌있다.

멋이 넘쳐 흐른다.

도회적인 느낌의
블랙 앤 화이트 옵티컬
패턴과 풍부하게
옷감을 사용한 듯
보이는 비대칭 입체
재단이라니!
어쩌구
저쩌구...

눈을 뗄 수가 없어.
볼수록 더 운명이란 느낌이 들어.
이 옷과 함께라면
근사한 내가 될 것 같아.

저 옷 좀 입어 볼 수
있을까요?

그러나…

느낌적인 느낌이 너무
달랐다고 한다.

패션
벤다이어그램

꿈

패피라면 옷장에
이런 주름치마, 저런 주름치마
한두 벌씩쯤은 갖고 있지요.

주름이 자연스럽고
결이 선명하면서

움직일 때마다
시선을 사로잡는
우아함.

노란 신호등

"노란 신호에선 노련하게 건너라고 노란색인 거야"
라고 말하던 그녀는…

며칠 후,

노란 신호에서 무리하게 건너다가
물의를 일으켰다고 한다.

chapter 5

겨울

보글보글
보리차

이렇게 맛도 향도
포근한 차가
세상에 또 있을까?
보리차♡

매일 하면 좋은 일

수면 바지

터틀넥 스웨터

가다 보면
언젠가 나에게 어울리는
터틀넥을 만날 수 있겠지.

뜨개질

미드 보는 여자

군데 지금은
뭐가 먼지
모르겠어.

시즌이 넘어갈수록
인간극장을 보는 것
같기도 해. 등장인물들
한 사람, 한 사람의 소소한
개인사까지 새롭게 알게
되는 게 좀 지치기도 하고...

드라마를 보는데
지친다고?!

달그라

그럼 그만
보면 되잖아.

군데 그게 말이지.
물론 지금은 처음 볼 때만큼
두근거리거나, 설레거나,
자꾸 생각나고 막 다음
만날 날이 손꼽아지거나
하진 않지만 말이야.

극장

극장에서 보는 영화는
몰입이 더 잘되지요.
그래서 마치 영화 속
다른 세상으로 여행을
떠나는 기분이에요.

하지만 그렇지 못할 때도 있어요.

영화 감상

이런 게 조조 영화의 맛이랄까요.

창작의 어려움

좋은 아이디어가
떠올랐어요.

머릿속에 하고 싶은 이야기가
선명해서 쉽게 그릴 수
있을 거라 생각했는데

이내 막히고 말았습니다.

이럴 땐 무엇 좀 먹을까요?!

음식물을 씹는 저작 운동은 뇌를 자극해서
사고력을 한층 고취시킨다지요. 저작 운동에는
이 쫄득한 가래떡만 한 게 없지요.

앙

한입
베어 물고

쩐득

쫄쫄

씹다 보면...

* 함포고복 : 「음식을 먹으며 배를 두드린다」라는 뜻으로 천하가 태평하여 즐거운 모양

322

혹시 누우면 생각이 더 잘 난다는
연구 결과를 들어 보셨나요?

어느 스토리텔러

이 이야기는 원수 같은
두 가문의 이야기로 시작되지.
그 두 가문에는 자식들이 있는데,
그 둘이 어쩌저저쩌쩌해서
사랑에 빠졌고,
부모의 반대를 무릅쓰고
결국 결혼을 했어.

근데 얼마 후
여자가 백혈병에
걸린 거라.
어쩌구저쩌구…

… 뭐지? 이 익숙한 느낌은?

＊ 송사 : 법률상의 판결을 법원에 요구함, 또는 그런 절차

적절한 느낌에 짝대기를
연결해 봅시다.

어!

• 오마주

키키키키키키
ㅋ
ㅋ억!
ㅋ
ㅋ

• 표오절

요고
요고요고

어...?

• 패러디

친구들과 같이 먹으면
더 맛있을까요?

연말 모임

맛있지만
털에 냄새
배는 건 좀
별로니까~

근하신년

야옹이에게
오랜만에 네게 편지를 쓰는구나.
새해 복 많이 받아!
그리고 늘 마음으로 생각한 게
있는데 말이야.
너는 나에게 참 소중한 존재야.
너는 위로를 잘 못한다고 했었지만
그건 말뿐인 너스레였더라.
아빠를 위한 너의 편지도
나에겐 큰 힘이었어.
그리고 실컷이 우리가
만다툼을 했을 때 내가
먼저 사과해 준 것도...
어쩌구 저쩌구

새해 카드에 적는
내용치곤 글이 너무
구구절절한걸.

마음을 다 글로 적자니,
조금 쑥스럽기도
하고 말이야.

달이 밝네.

야옹이에게
야옹아,
새해 복 많이 받아.
돌이켜 보면 널 만난 건
정말 행운이었어.
넌 참 보석 같은 고양이야.
앞으로도 내 곁에 오래 오래

있어 줘.

♡

사랑을 담아
당무가

337

당무도 내게
새해 카드를
보냈네.

으히히

집도 좁은데
자꾸 왜
그런다니

Epilogue

확실히
연어의 풍미가
느껴지는구먼.

수영하고
싶네.

353

오영은

동덕여대 산업디자인과를 졸업하였으며, 패션 일러스트와 광고 일러스트, 어린이 책 삽화 등을 그리고 있다. 펴낸 책으로는 「수영일기」 그림 에세이가 있다.

인스타그램 @o.young_eun

고양이와 수다

초판 1쇄 발행 2020년 12월 23일
초판 2쇄 발행 2024년 3월 25일

지은이 오영은
펴낸이 이승현

출판1 본부장 한수미
라이프 팀
디자인 김준영

펴낸곳 ㈜위즈덤하우스 **출판등록** 2000년 5월 23일 제13-1071호
주소 서울특별시 마포구 양화로 19 합정오피스빌딩 17층
전화 02) 2179-5600 **홈페이지** www.wisdomhouse.co.kr

ISBN 979-11-91119-88-6 03810